सुभद्रा का मकरंद

OrangeBooks Publication

1st Floor, Rajhans Arcade, Mall Road, Kohka, Bhilai, Chhattisgarh 490020
Website: **www.orangebooks.in**

First Edition, 2026

ISBN: 978-93-7426-063-0

Price: Rs. 170.00

Printed in India

सुभद्रा का मकरंद

एक युद्ध ऐसा भी...

हेमन्त जोशी

OrangeBooks Publication
www.orangebooks.in

भूमिका (Preface)

महाभारत—यह ग्रंथ मैंने जीवन में कई बार देखा, सुना और पढ़ा है। हर बार इसकी कथा मेरे सामने खुलती गई, पर एक प्रश्न था जो हर बार मेरे भीतर और गहरा होता रहा—कि उन परिवारों पर क्या बीती होगी, जो इस युद्ध की भेंट चढ़ गए?

राजाओं की राजनीति, वीरों के रणनाद और युद्ध की भव्यता पर अगणित ग्रंथ लिखे गए हैं; पर उन साधारण घरों की पीड़ाएँ, जहाँ एक रात्रि में ही भविष्य की नींव ढह जाती थी, उनके बारे में इतिहास अक्सर मौन रहता है।

मैं अक्सर सोचता रहा—जब रणभूमि में रक्त बह रहा होगा, तब किसी दूर गाँव में एक माँ का चूल्हा कैसे जलता होगा? जब कोई वीर तलवार उठाकर "धर्म" के लिए प्राण दे रहा होगा, तब उसकी पत्नी किस मौन भय से अपने छोटे बच्चों को सीने से लगाए होगी? और जब कोई किशोर युद्ध को "महिमा" समझकर रथ पर चढ़ा होगा, तब उसके पिता की आँखों में कैसी अदृश्य काँप थी? इन अनकही पीड़ाओं ने मेरे भीतर एक बेचैनी जगाई।

लंबे समय तक यह प्रश्न केवल प्रश्न ही रहा, क्योंकि मुझे लगता था—इतनी गहरी वेदना को शब्द देने की हिम्मत मुझमें कहाँ?

परंतु फिर एक दिन, उसी मौन ने कहानी का रूप लेना शुरू किया। और तब जाकर हिम्मत हुई कि एक **कल्पनिक, लेकिन शायद सच्चाई के बेहद करीब** कहानी लिखूँ—उन परिवारों की, जिनका दर्द इतिहास की मोटी किताबों में नहीं मिलता पर जिनकी पीड़ा के बिना महाभारत का कोई भी कथानक पूर्ण नहीं हो सकता।

"सुभद्रा का मकरंद" उसी प्रयास का परिणाम है।

यह कथा किसी महापुरुष की नहीं, किसी राजा की नहीं, किसी महान योद्धा की भी नहीं।

यह कहानी है—एक घर की, एक माँ की, एक भाई की, एक पिता की, और एक किशोर की—जो युद्ध की आग से होकर गुजरते हैं बिना इस बात के कि उन्हें याद भी रखा जाएगा या नहीं।

जब महाभारत को राजाओं के नज़रिए से पढ़ा जाता है, तो यह रणभूमि की कथा लगती है।

लेकिन जब इसे एक साधारण परिवार की आँखों से देखा जाता है, तो यह युद्ध नहीं—**मानवता के टूटने की दास्तान** बन जाती है।

अगर यह कहानी पढ़ते हुए आपके मन में भी कभी वह प्रश्न उठे, जो वर्षों से मेरे भीतर उठता रहा—तो समझिए, इस पुस्तक ने अपना उद्देश्य पा लिया है।

यह पुस्तक समर्पित है

उन सभी **अनाम हृदयों**, जिन्होंने इतिहास में कभी कोई अध्याय नहीं पाया, पर जिनकी मौन पीड़ाएँ ही हर युग की दिशा तय करती हैं।

समर्पित—**उन माताओं के आँसुओं को**, जो युद्ध के नाम पर अपने बच्चों को खोकर केवल आकाश से प्रश्न करती रह जाती हैं।

समर्पित—**उन साधारण योद्धाओं को**, जो राजाओं के निर्णयों का भार अपने रक्त से चुकाते हैं, पर जिनका नाम कभी किसी सिंहासन के गीतों में नहीं लिखा जाता।

और समर्पित—**मकरंद** को—जो सेवा में भी वीर था, दया में भी अजेय था, और मृत्यु में भी प्रकाश दे गया।

समर्पित —मेरे बड़े भाई *दिगम्बर जोशी* को, जो इस वर्ष हमें छोड़कर चले गए।

Miss You Bhai

आभार

इस पुस्तक को पूरा करने में जिन-जिन लोगों ने मेरा साथ दिया, मैं उन सभी का दिल से धन्यवाद करता हूँ।

सबसे पहले, मेरी पत्नी **गीतांजली जोशी**—जो हमेशा मुझसे मुस्कुराकर पूछती थीं, **"आप अपनी किताब क्यों नहीं लिखते?"** कई बार उन्होंने मेरी कविताओं की भी तारीफ़ की। उनके ये सरल-से शब्द मेरे लिए सबसे बड़ी प्रेरणा बने और मुझे लिखने की हिम्मत देते रहे।

मेरी बेटी **तक्षिता जोशी, जो खुद दो किताबें लिखकर प्रकाशित कर चुकी है**, और जिसने इस पुस्तक का ***Manuscript*** सबसे पहले पढ़ा—पढ़ने के बाद उसने गंभीर चेहरा बनाते हुए कहा—

"पापा… यह किताब तो GEN-Z के लिए बिल्कुल नहीं है!"

और फिर खुद ही हँस पड़ी। उसकी यही ईमानदार और थोड़ी-सी शरारती टिप्पणी ने मुझे कहानी को और बेहतर बनाने की दिशा दी।

मेरे बेटे **सारथी** को भी खास धन्यवाद। उसने मेरा ***Manuscript*** मेरे सामने बैठकर पढ़ा—और उसी समय मुझे समझ आया कि मेरे बच्चे की हिन्दी सच में **'खतरनाक'** है!

उसकी पढ़ने की शैली और चेहरे के भावों ने मुझे अपनी भाषा और प्रस्तुति को और सरल व रोचक बनाने की प्रेरणा दी।

मैं **Sudipta Bhawmik** का भी आभारी हूँ। उनका पॉडकास्ट ***The Stories of Mahabharata*** (Amazon Music पर उपलब्ध) ने इस कहानी को सोचने और समझने में मुझे नई दिशा दी।

मेरे बचपन के दोस्त **प्रदीप, जीतू और विकास**, जो आज भी मुझे प्यार से *कविराज* कहते हैं—उनकी मित्रता, उनका विश्वास और उनका प्रोत्साहन मेरे लिए हमेशा से ताकत रहा है।

यह पुस्तक मैं समर्पित करता हूँ **विद्या मंदिर, BHEL, हरिद्वार (सेक्टर-5), 1996 बैच** को—जहाँ बचपन में मुझे सपने देखना और सोच को उड़ान देना सीखने को मिला।

अंत में, मेरा भतीजा **पियूष**, जिसने पूरे मन से ***Manuscript*** पढ़ा और ईमानदारी से कहा—**"Gen-Z वालों को भी यह पसंद आएगी!"**

उसकी यह बात सुनकर मुझे महसूस हुआ कि मेरी कहानी सही दिशा में आगे बढ़ रही है।

आप सभी का दिल से धन्यवाद—आपकी वजह से यह पुस्तक संभव हो सकी।

अनुक्रमणिका

अध्याय - 1
युद्ध — आदि और अंत

मेरा नाम विराट है। इतिहास की लिपियों में मेरा नाम खोजना व्यर्थ है, क्योंकि इतिहास केवल उनके नाम सहेजता है जिन्होंने स्वर्ण-मुकुट धारण किए थे; उनका नहीं, जिन्होंने रणभूमि की धूल और अपना ही लहू फाँका था।

कुरुक्षेत्र युद्ध के अठारह दिन पूर्ण हो चुके थे।

कहने को पांडवों की विजय हुई, किंतु यह विजय किसी उत्सव जैसी नहीं, अपितु एक महा-शोक जैसी थी। कुरुक्षेत्र की पुण्यभूमि अब शवों की एक अनंत शव-स्थली बन चुकी थी। हर ओर कटे हुए अंगों के ढेर लगे थे, टूटे रथों के बीच फँसे घोड़ों की अधमरी कराहें वातावरण को और भी वीभत्स बना रही थीं। ऊपर आकाश में हज़ारों गिद्ध मंडरा रहे थे, जो बस नीचे उतरने की प्रतीक्षा में थे। चारों ओर से सियारों के रोने की ध्वनियाँ आ रही थीं, जो मांस की गंध से उन्मत्त होकर रणभूमि के अंधेरे कोनों में घात लगाए बैठे थे।

वायु में केवल मृत्यु की गंध थी—सड़ता हुआ मांस, जलती हुई चर्बी और लोहे का तीखा स्वाद। कल रात्रि अश्वत्थामा ने जो किया, उसने मानवता

के बचे-कुचे अंश को भी समाप्त कर दिया। निद्रा में लीन बालकों के वध ने इस युद्ध के अंत को एक शाश्वत कलंक बना दिया था।

किंचित दूर, शर-शय्या पर पितामह भीष्म अभी भी काल की प्रतीक्षा में थे। उनकी विचलित आँखें उस कुरुवंश की चिता को देख रही थीं, जिसकी रक्षा हेतु उन्होंने कभी भीषण प्रतिज्ञा ली थी।

तभी मेरी दृष्टि उस पर पड़ी— सत्यवान।

वह मेरी छोटी बहन सुभद्रा का पति था। हस्तिनापुर का वह योद्धा, जिसे मैं स्वयं अपनी बहन के लिए चुनकर लाया था। वह एक टूटी हुई रथ-धुरी के समीप पड़ा था। उसकी जंघा से बहता रक्त आर्यवर्त की मिट्टी को कीचड़ में बदल रहा था।

मैंने तीव्रता से दौड़कर उसका मस्तक अपनी गोद में रखा। उसके खंडित कवच और रक्त-रंजित देह को देखकर मेरा हृदय विदीर्ण होने लगा।

सत्यवान ने अत्यंत कठिनाई से अपनी आँखें खोलीं। मुझे देखकर उसके शुष्क अधरों पर एक ऐसी मुस्कान उभरी, जो किसी भी शस्त्र से अधिक पैनी थी। उसने कांपते स्वर में कहा—

"भैया... देखिए काल की क्रूरता। जिस सुभद्रा को आपने बड़े विश्वास से मेरे हाथों में सौंपा था, आज मैं उसे एकाकी छोड़कर जा रहा हूँ। क्या अब भी मैं आपका शत्रु हूँ? क्या मृत्यु के इस द्वार पर भी हमारे ध्वज पृथक रहेंगे?"

उसे तीव्र खाँसी उठी और मुख से रक्त की धारा फूट पड़ी। उसने मेरा हाथ थामकर कहा—

"विराट भैया, केशव का वचन है कि युद्धभूमि में वीरगति पाने वाला स्वर्ग का अधिकारी होता है।

परंतु बताइए—अपने कर्तव्यों को अधूरा छोड़ स्वर्ग का सुख भोगूँ भी तो कैसे?

क्या वहाँ मेरे बच्चों की दबी-दबी रुदन-ध्वनि मेरे हृदय तक न पहुँचेगी?

यदि स्वर्ग में यह पीड़ा भी विस्मृत हो जाए, तो ऐसा स्वर्ग मेरे लिए अर्थहीन है।"

सत्यवान का मस्तक मेरी गोद में था, किंतु मेरा मन वर्षों पूर्व द्वारका की उन गलियों में चला गया।

वह उत्सव का काल था। समस्त विश्व अर्जुन और सुभद्रा (कृष्ण की बहन) के प्रेम और उनके पलायन की चर्चा कर रहा था। राजनीति के खेल चल

रहे थे—बलराम जी दुर्योधन को चाहते थे, और कृष्ण अर्जुन को। इतिहास इस त्रिकोण को रचने में व्यस्त था।

किंतु उसी कोलाहल के मध्य, बिना किसी विशेष आयोजन के, मैंने सत्यवान को चुना था। मैंने अपनी बहन सुभद्रा का हाथ उसके हाथ में देते हुए वचन लिया था— "सत्यवान, तू योद्धा है, पर मेरी बहन का रक्षक बनकर रहना।" उस दिन मैंने उसे सुभद्रा के लिए एक 'सुरक्षा' माना था, पर आज बोध हुआ कि मैं उसे साक्षात मृत्यु के इस नरक तक ले आया था।

मेरी बहन सुभद्रा, जिसका कोई राजनीतिक मूल्य नहीं था, जो किसी सिंहासन की उत्तराधिकारिणी नहीं थी, आज केवल एक सैनिक की पत्नी होने का वह भयानक दंड भोग रही थी, जिसे राजाओं के अहंकार ने रचा था।

तभी, उस रक्त-रंजित शव-स्थली के बीच एक छाया उभरी। वह अलौकिक थी, शांत थी।

मैंने गर्दन उठाकर देखा। वे केशव थे। उनके पीतांबर का एक कोना रक्त से सनी हवा में लहरा रहा था। उनकी आँखों में वह रहस्यमयी शांति थी, जो इस महाविनाश के बीच भी विचलित नहीं थी।

मैंने सिसकते हुए कहा, "हे माधव! देखिए इसे। यह मेरा शत्रु नहीं, मेरा अनुज है। मेरी बहन का सुहाग है। क्या इसी महाविनाश को आप धर्म कहते हैं? जहाँ गिद्ध हमारे सगे-संबंधियों को नोचने की प्रतीक्षा कर रहे हों, क्या वह स्थान स्वर्ग का मार्ग हो सकता है?"

कृष्ण समीप आए। उन्होंने अपनी करुणा भरी दृष्टि सत्यवान के मरणासन्न चेहरे पर डाली और अत्यंत गंभीर स्वर में बोले:

"विराट, धर्म की यात्रा सुगम नहीं होती। जब समाज का ढांचा अन्याय पर टिक जाए, तो उसे गिराने के लिए केवल शत्रुओं का नहीं, कभी-कभी अपनों का लहू भी देना पड़ता है। धर्म की वेदी पर कभी-कभी अपनों की आहुति सबसे अधिक अनिवार्य हो जाती है।"

सत्यवान की साँसों की गति मंदी पड़ने लगी। कृष्ण के शब्द किसी सांत्वना की तरह नहीं, बल्कि एक कड़वे सत्य की तरह हवा में गूँज रहे थे। मैंने महसूस किया कि कृष्ण का धर्म एक विराट सत्य था, पर मेरा धर्म वह छोटा सा घर था जहाँ मेरी बहन सुभद्रा आज भी दीप जलाकर इस योद्धा की प्रतीक्षा कर रही थी।

श्रीकृष्ण ने कहा था— "स्वधर्मे निधनं श्रेयः परधर्मो भयावहः।"

(अपने धर्म में मृत्यु भी श्रेयस्कर है, किंतु दूसरे का धर्म भयावह होता है।)

रणभूमि में खड़े होकर हमें लगा कि हमारा 'धर्म' केवल शस्त्र चलाना है। किंतु आज सत्यवान का शीतल पड़ता हाथ स्पर्श कर समझ आया कि एक साधारण मनुष्य का सबसे बड़ा धर्म उसके संबंध होते हैं।

केशव ने कहा था कि आत्मा नश्वर नहीं है, किंतु उन्होंने यह नहीं बताया कि जब कोई देह गिद्धों का भोजन बनती है, तो उस आत्मा से पूर्व वह परिवार बिखर जाता है जो उस पर आश्रित था। हमने राजाओं के 'धर्म' की रक्षा के लिए अपने घरों के 'पुण्य' स्वाहा कर दिए।

आज सत्यवान की आँखों की बुझती ज्योति मुझसे पूछ रही थी— "विराट, यदि यह युद्ध धर्म की रक्षा के लिए था, तो फिर मेरी सुभद्रा का संसार उजड़ना अधर्म क्यों नहीं है?

अध्याय - 2
युद्ध होकर रहेगा

हस्तिनापुर की हवा उस शाम भारी हो चुकी थी। मैं, विराट, अपनी माँ के साथ द्वारका की खुली और उदार वादियों से यहाँ आया था। हमारा मन तो उत्सव का था, हम एक विवाह के उपलक्ष्य में यहाँ एकत्र हुए थे, पर वातावरण में केवल आने वाले प्रलय की गूँज सुनाई दे रही थी। मैं उस समय हस्तिनापुर के राजदरबार के विशाल द्वार पर खड़ा था, जब माधव (कृष्ण) शांति का अंतिम प्रस्ताव लेकर भीतर प्रविष्ट हुए थे।

सभा में एक ऐसी शांति थी जो किसी बड़े तूफान से पहले समुद्र में छा जाती है। सबसे ऊँचे स्वर्ण सिंहासन पर महाराज धृतराष्ट्र बैठे थे। उनका चेहरा निष्प्राण था और आँखों पर बँधी वह पट्टी केवल उनकी दृष्टिहीनता का नहीं, बल्कि उनके उस अंधे पुत्र-मोह का प्रतीक थी जो पूरे वंश को निगलने वाला था।

उनके दाहिनी ओर भीष्म पितामह थे। उनकी सफेद दाढ़ी उनके वक्ष तक लटक रही थी और उनका मस्तक झुका हुआ था। वे गंगापुत्र थे, इच्छा-मृत्यु का वरदान था उनके पास, पर उस दिन वे अपने ही पुराने वचनों और प्रतिज्ञाओं के बोझ तले दबे किसी साधारण असहाय वृद्ध की तरह लग रहे थे। उनके पास ही द्रोणाचार्य और कृपाचार्य बैठे थे। वे महान आचार्य,

जिनके पास शास्त्रों और शस्त्रों का अनंत ज्ञान था, आज उनकी आँखों में वह तेज नहीं था। उनके चेहरों पर एक अजीब सा अपराधबोध था, जैसे वे जानते हों कि वे गलत सिंहासन के ऋणी हैं।

कृष्ण ने जब शांति का प्रस्ताव रखा, तो उनकी आवाज़ में पूरी मानवता की करुणा थी। उन्होंने केवल पाँच गाँवों की माँग की थी—पाँच जीवन, पाँच उम्मीदें। पर तभी दुर्योधन का अट्टहास गूँजा। वह हँसी नहीं थी, वह सभ्यता के अंत की घोषणा थी। उसने जब अपनी जंघा थपथपाते हुए कहा कि वह "सुई की नोक जितनी भूमि भी नहीं देगा," तो ऐसा लगा जैसे हस्तिनापुर के भाग्य पर काल ने काली स्याही फेर दी हो।

तभी वह घटा जिसकी कल्पना किसी ने नहीं की थी। दुर्योधन ने मद में चूर होकर आदेश दिया कि इस 'ग्वाले' को बंदी बना लिया जाए। उसी क्षण दरबार की मशालें एक झटके में बुझ गईं। पूरे कक्ष में एक अलौकिक नीली आभा फैलने लगी। कृष्ण का शरीर धीरे-धीरे फैलने लगा, उनकी देह से करोड़ों सूर्यों का तेज फूट पड़ा।

वह विराट स्वरूप! मैंने द्वार से देखा—उनके भीतर पूरा ब्रह्मांड समाया हुआ था। एक ओर सृजन हो रहा था और दूसरी ओर महाप्रलय। उनके मुख से ज्वालाएँ निकल रही थीं और हज़ारों हाथ आकाश को छू रहे थे। भीष्म की आँखों से अश्रु अविरल बह रहे थे। वे घुटनों के बल बैठ गए। द्रोण काँपते हुए प्रार्थना करने लगे। धृतराष्ट्र को उस क्षण के लिए दिव्य दृष्टि मिली, पर वे उस तेज को सह नहीं पाए और चीखते हुए अपनी आँखें मूँद लीं। वह स्वरूप एक अंतिम चेतावनी थी कि जो शांति को ठुकराते हैं, उन्हें अंततः काल के ही मुख में समाना पड़ता है।

जब मैं उस भयानक और अलौकिक दृश्य का प्रभाव लेकर सत्या (सत्यवान) के घर पहुँचा, तो वहाँ सन्नाटा राजदरबार से भी अधिक भयावह था। मेरी माँ और सत्या की माँ भीतर कक्ष में बैठी एक-दूसरे का हाथ थामे सिसक रही थीं। वे दो सखियाँ आज इस बात पर मौन थीं कि कल से उनके बेटों के बीच की दूरी मीलों की नहीं, बल्कि दो शत्रु सेनाओं की होगी।

आँगन के एक कोने में मेरी सगी बहन सुभद्रा खड़ी थी, जो सत्या की पत्नी थी। उसका चेहरा पीला पड़ चुका था। वह सुभद्रा जो द्वारका में फूलों की तरह महकती थी, आज हस्तिनापुर की मिट्टी में मुरझा गई थी। सत्या अपनी तलवार की धार को एक पत्थर पर घिस रहा था। उस लोहे और पत्थर के

घर्षण से निकलने वाली कर्कश आवाज़ मेरे कानों में किसी के अंतिम विलाप की तरह चुभ रही थी।

मैंने आगे बढ़कर उसका हाथ पकड़ा, "सत्या! क्या तुम पागल हो गए हो? तुमने दरबार में देखा नहीं? वे साक्षात परमेश्वर हैं! तुम किसके लिए लड़ रहे हो? उस अहंकारी दुर्योधन के लिए जिसने आज शांति की बलि चढ़ा दी? सुभद्रा की ओर देखो, सत्या, क्या तुम्हारा कर्तव्य इस घर और अपनी पत्नी के प्रति नहीं है?"

सत्या ने अपनी तलवार रोकी, पर उसकी नज़रें अब भी झुकी हुई थीं। उसकी आवाज़ में एक बर्फीली कठोरता थी, "विराट, मैंने हस्तिनापुर का नमक खाया है। मेरा वंश सदियों से इस सिंहासन का रक्षक रहा है। धर्म क्या है, मैं नहीं जानता। मैं बस इतना जानता हूँ कि कल जब रणभेरी बजेगी, तो मेरी तलवार का मुख तुम्हारी ओर होगा, क्योंकि तुम पांडवों के साथ खड़े होगे।"

सुभद्रा ने कांपते हाथों से जल का पात्र हमारे बीच रखा। उसकी आवाज़ में एक अजीब सा ठहराव था, "भाई, जहाँ पुरुष अपनी ज़िद को धर्म मान लेते हैं, वहाँ स्त्रियाँ केवल अपने सुहाग और अपने भाइयों की चिताओं की गिनती करती हैं। कल तुम दोनों एक-दूसरे के रक्त से कुरुक्षेत्र की प्यास बुझाओगे। क्या यही वह दिन देखने के लिए हम साथ पले-बढ़े थे?"

उस रात मुझे नींद नहीं आई। मैं हस्तिनापुर के शिविर के समीप अकेले टहल रहे कृष्ण के पास गया। वे चाँद की रोशनी में अत्यंत शांत लग रहे थे, जैसे कुछ हुआ ही न हो। मैंने व्याकुल होकर पूछा, "केशव, यह कैसा न्याय है? सत्या मेरा भाई जैसा मित्र है, सुभद्रा मेरी सगी बहन है। आप यह विनाश

क्यों नहीं रोक देते? क्या एक बहन के सुहाग की रक्षा करना आपका धर्म नहीं है?"

कृष्ण ने मेरी ओर मुड़कर देखा। उनकी आँखों में वह अगाध ज्ञान था जो समय और काल के परे था। उन्होंने बहुत धीमे स्वर में कहा—

"विराट, मोह ही समस्त दुखों की जड़ है। तुम जिसे अपना समझ रहे हो, वह केवल एक शरीर है। आत्मा न मरती है, न उसे शस्त्र काट सकते हैं। यह युद्ध भूमि के लिए नहीं, मनुष्य के भीतर व्याप्त अंधकार और प्रकाश के बीच है। जब अधर्म की जड़ें इतनी गहरी हो जाएँ कि वे पूरे समाज को सुखा दें, तो उन्हें काटना ही पड़ता है। तुम केवल एक माध्यम हो, विराट। अपने कर्म को पहचानो, फल की चिंता त्याग दो। जो आज तुम्हारा शत्रु है, वह भी सत्य के मार्ग पर तुम्हारा ही एक हिस्सा है। उठो, और अपनी नियति को स्वीकार करो।"

उन शब्दों ने मेरे भीतर की उथल-पुथल को शांत कर दिया। मैंने जान लिया कि यह केवल भाइयों का युद्ध नहीं, बल्कि एक नए युग की नींव रखने का संघर्ष है।

सत्या ने अपनी तलवार म्यान में डाली और घर का दीपक बुझा दिया। अंधेरा छा गया।

युद्ध होकर रहेगा!

द्वारका का विवेक और हस्तिनापुर का हठ अब कुरुक्षेत्र के उस भीषण महासंग्राम में टकराने के लिए सज्ज थे, जहाँ केवल रक्त से ही इतिहास की नई गाथा लिखी जानी थी।

अध्याय - 3
ध्वज

युद्ध की घोषणा अभी आधिकारिक रूप से नहीं हुई थी, लेकिन नगर की आत्मा जैसे किसी गहरी त्रासदी की चपेट में आ चुकी थी। वह तबाही, जिसमें घर जलते हैं, अभी कोसों दूर थी, लेकिन वह तबाही शुरू हो चुकी थी जिसमें घर अचानक चुप हो जाते हैं। नगर के लोग अब एक लय में सुबह नहीं उठते थे; समय का बोध जैसे कहीं खो गया था। कोई बहुत जल्दी उठ जाता, जैसे वह आने वाले अंधेरे से पहले थोड़ा उजाला चुरा लेना चाहता हो, और कोई दोपहर तक बिस्तर से नहीं उठता था, मानो नींद ही वह ढाल थी जिससे वे भविष्य के डरावने सच को टाल सकते थे। बाज़ारों में रौनक के नाम पर केवल आशंकाएँ बिक रही थीं। लोग एक-दूसरे से मिलते तो कुशल-क्षेम की औपचारिकता छोड़कर बस एक ही सवाल पूछते— "क्या कुछ सुना? शांति का कोई मार्ग बचा है?"

मेरे घर के भीतर सन्नाटा और भी भारी था। माँ रसोई के बाहर बैठी अनाज छान रही थीं, पर उनकी नज़रें अनाज की ढेरी से ज़्यादा उस अदृश्य भविष्य की गणना कर रही थीं जहाँ घर का हर दाना कम पड़ने वाला था। उनकी उँगलियाँ यंत्रवत चल रही थीं। जब मैंने उनसे उनके विचारों के बारे में पूछा, तो उन्होंने बहुत सादगी से वह कड़वा सच कह दिया जो युगों-युगों से चला आ रहा था। उन्होंने कहा कि जब राजा आपस में टकराते हैं, तो उनके

किलों की दीवारें बाद में गिरती हैं, पहले उन माँओं के आँगन सूने होते हैं जिनके बेटे उनके सबसे करीब होते हैं। यह प्रश्न नहीं, बल्कि एक युगों पुरानी थकान थी जो अब उनकी आँखों में जम चुकी थी।

इसी घर के एक कोने में सत्यवान और सुभद्रा का संसार था, जिस पर अब काली परछाइयाँ मंडरा रही थीं। सुभद्रा, जो कभी अपनी हँसी से घर को जीवंत रखती थी, अब रात भर दीपक की लौ के पास बैठी रहती। उसने सत्यवान से कुछ नहीं पूछा, क्योंकि सत्यवान के कक्ष में चमकते हथियार और उसकी भारी चुप्पी ने पहले ही सब कुछ कह दिया था। सत्यवान का मौन एक चट्टान की तरह था, पर उस चट्टान में एक दरार साफ दिखती थी—वह दरार जो उसके राज्य के कर्तव्य और अपने परिवार के प्रेम के बीच खिंच गई थी।

इस सन्नाटे के बीच सबसे ज़्यादा शोर उन चार बच्चों के मन में था, जो इस युद्ध की विडंबना से अनजान अपनी-अपनी दुनिया में जी रहे थे। सत्यवान का सबसे बड़ा बेटा, मकरंद, अब सोलह वर्ष का हो चुका था।

उसकी भुजाओं में तरुणाई का जोश था और आँखों में वीरता के वे स्वप्न, जो अक्सर विनाश की पहली सीढ़ी होते हैं। मकरंद के लिए यह युद्ध केवल एक संघर्ष नहीं, बल्कि अपनी कुल-मर्यादा सिद्ध करने का अवसर था। वह अक्सर अपनी लकड़ी की तलवार से अभ्यास करता और मुझसे पूछता कि क्या उसे भी पिता के साथ जाने का अवसर मिलेगा। उसे नहीं पता था कि युद्ध सबसे पहले मकरंद जैसे किशोरों की मासूमियत की बलि माँगता है।

मकरंद से छोटी थी बारह वर्ष की काव्या। वह अपने भाई के जोश के विपरीत, पूरी तरह अंतर्मुखी हो चुकी थी। काव्या की आँखों में एक ऐसी समझदारी थी जो उसकी उम्र के हिसाब से बहुत बड़ी थी। वह अपनी माँ सुभद्रा की परछाई बन गई थी। जब भी मकरंद युद्ध की बातें करता, काव्या चुपके से उठकर वहां से चली जाती थी । वह जानती थी कि तलवारें चाहे जिसकी भी जीतें, हार हमेशा उन स्त्रियों की होती है जो घर के दरवाज़े पर इंतज़ार करती रह जाती हैं। सात वर्षीय ध्रुव अभी भी युद्ध को एक पौराणिक कथा की तरह देख रहा था। वह सत्यवान के पैरों से लिपटकर अक्सर पूछता कि क्या पिताजी उसके लिए स्वर्ग के रास्ते से नए खिलौने लाएँगे।

और सबसे छोटी थी चार वर्ष की मीरा। वह इस बोझिल वातावरण से पूरी तरह बेखबर थी। जब घर में सन्नाटा बहुत गहरा हो जाता, तो मीरा की पायल की छन-छन ही वह एकमात्र संगीत था जो हमारे प्राणों को थामे हुए था। उसने एक दिन खेल-खेल में सत्यवान की भारी तलवार पर अपना नन्हा हाथ रख दिया और मासूमियत से पूछा— "पिताजी, क्या यह वही काँटा है जिससे माँ की उँगली कट गई थी?" मीरा के उस अबोध प्रश्न ने सत्यवान जैसे योद्धा को अंदर तक झकझोर दिया। उस पल उसे अहसास

हुआ कि जिस तलवार को वह सम्मान का प्रतीक मान रहा था, वह उसकी बेटी की नज़रों में केवल एक चुभने वाला काँटा थी।

नगर के चौराहों पर कृष्ण का नाम अब भजन की तरह नहीं, बल्कि एक संभावना की तरह लिया जा रहा था। लोग कहते कि अगर कृष्ण भी इस महाविनाश को नहीं रोक पाए, तो फिर मानवता की रक्षा कौन करेगा? लेकिन जब खबर आई कि शांति का अंतिम प्रस्ताव खारिज हो गया है, तो नगर में कोई शोर नहीं हुआ। लोग धीरे-धीरे भीतर से टूट रहे थे। सत्यवान ने मुझसे कहा कि अब राज्य हमें पुकारेगा, क्योंकि व्यक्ति हमेशा राज्य के बाद आता है।

सुभद्रा ने काँपती आवाज़ में पूछा कि क्या तुम दोनों एक ही ध्वज के नीचे नहीं लड़ सकते? हमारे पास कोई उत्तर नहीं था। कुछ संभावनाएँ केवल पूछने के लिए होती हैं, उनके उत्तर इतिहास के पन्नों में लहू से लिखे जाते हैं।

उस रात मैं सो नहीं पाया। मैं सोचता रहा कि क्या रणभूमि में मैं अपने ही बहनोई के सामने शस्त्र उठा पाऊँगा? या मैं ध्वज को पहचानूँगा या उस चेहरे को जिसे मैंने वर्षों से प्यार किया है? मुझे समझ आया कि इतिहास हमेशा नायकों का गुणगान करता है, पर हम जैसे सामान्य लोग, जिनका न कोई नाम होता है और न कोई ध्वज, युद्ध की वेदी पर सबसे पहले चढ़ा दिए जाते हैं। माताओं ने विदाई पर खर्च करना शुरू कर दिया था। वे अपने बेटों के कपड़े धोते समय उन्हें देर तक सीने से लगाए रखतीं, जैसे वे उनकी गंध को अपनी स्मृतियों में कैद कर लेना चाहती हों। माँ ने मुझसे कहा कि ध्वज जो भी हो, लौट आना। और जब मैंने धर्म के बारे में पूछा, तो उन्होंने कहा कि परिवार से बड़ा कोई धर्म नहीं होता, उसे भी साथ ले आना।

कृष्ण की चेतावनी कि धरती वीरों से रिक्त हो जाएगी, अब हर घर की हवा में महसूस की जा सकती थी। उत्साह मर चुका था, केवल एक भारी मौन शेष था। युद्ध अभी मैदान में शुरू नहीं हुआ था, लेकिन सुभद्रा का आँगन, मकरंद का बचपन, काव्या का विश्वास, ध्रुव के सवाल और मीरा की मुस्कान—सब कुछ उस ध्वज की भेंट चढ़ने के लिए तैयार थे जो कल सीमाओं पर लहराने वाला था। युद्ध से पहले की सबसे बड़ी तबाही यही थी कि घर पहले ही खाली हो चुके थे।

अध्याय - 4
अंतर्द्वंद्

रात का सन्नाटा गाँव की गलियों में किसी ज़हरीले धुएँ की तरह फैल रहा था। यह वह समय था जब आमतौर पर घरों से हँसी-ठिठोली और बच्चों के शोर की आवाज़ें आती थीं, पर आज हर घर एक मौन किले में तब्दील हो चुका था। विराट अपने घर की देहली पर बैठा था। उसके सामने उसकी ढाल रखी थी, जिसकी धातु पर मशाल की रोशनी पड़कर कांप रही थी। विराट को वह ढाल आज हथियार नहीं लग रही थी; उसे वह एक अपराध का प्रमाण लग रही थी—एक ऐसा अपराध जो अभी हुआ नहीं था, पर जिसकी तैयारी पूरी हो चुकी थी।

भीतर रसोई में माँ चूल्हे के पास बैठी थी। आग तेज़ नहीं थी, बस उतनी ही जल रही थी जितनी रोटियाँ सेंकने के लिए ज़रूरी हो। माँ एक-एक रोटी पलट रही थी, और हर बार रोटी पलटते समय उसकी उँगलियाँ क्षण भर के लिए ठहर जातीं। वह रोटियाँ नहीं, बल्कि आने वाले दिनों की गिनती कर रही थी। "आज आख़िरी बार पूरी गिनती की रोटियाँ बनाई हैं," माँ ने बिना विराट की ओर देखे कहा। विराट के हाथ अपनी ढाल को साफ़ करते-करते रुक गए। माँ की आवाज़ में न विलाप था, न चीख, बस एक पथरीली सच्चाई थी। "कल से," माँ ने चूल्हे की राख को कुरेदते हुए कहा, "एक रोटी कम बनेगी। मैं आदत डाल रही हूँ।"

विराट का सिर झुक गया। माँ का यह कहना केवल भोजन की कमी के बारे में नहीं था; यह उस 'कमी' के बारे में था जो कल से इस घर के अस्तित्व में आने वाली थी।

माँ फिर बोली, "धृतराष्ट्र के पास संजय है। सुना है वेदव्यास ने उसे अलौकिक दृष्टि का वरदान दिया हैं ताकि वह महल में बैठकर युद्ध देख सके।

काश... हम जैसी स्त्रियों को भी वैसी ही आँखें मिल जातीं। ताकि हमें पता तो चलता कि किस दिन चूल्हा बुझाना है और किस दिन दीप। हमें पता तो होता कि हमारा बेटा किस पहर प्यासा है और किस पहर उसे धरती की गोद मिल गई।"

विराट की आँखें भर आईं। उसने धीमे स्वर में कहा, "माँ, मैं वहाँ रहूँगा जहाँ कृष्ण हैं। धर्म वहीं है।" माँ ने आटे से सने हाथ झाड़े और विराट की ओर सीधे देखा, "धर्म हमारे जैसे लोगों के लिए रोटी जितना सीधा नहीं होता, बेटा। जा... क्योंकि अगर तू नहीं जाएगा, तो तेरी जगह कोई और

जाएगा—किसी और की माँ का बेटा। यहाँ हर माँ का दुख दूसरे के दुख की कीमत पर टिका है।"

वहीं हस्तिनापुर के किसी गाँव पर सत्या का घर भी इसी अंतर्द्वंद्व की आग में जल रहा था। घर के भीतर चार बच्चे सो रहे थे। सबसे बड़ा, मकरंद, अभी महज़ पंद्रह-सोलह वर्ष का था। उसकी नींद गहरी थी, बेखबर उन साजिशों से जो कल उसे रणभूमि की ओर खींच ले जाने वाली थीं। सुभद्रा चुपचाप दीवार से लगकर बैठी थी। सत्या अपने हथियारों की पेटी बंद कर रहा था। "आदेश आ गया है," सत्या ने भारी आवाज़ में कहा, "मकरंद को भी साथ जाना होगा।" थोड़ी देर कमरे में सन्नाटा पसरा रहा। सुभद्रा की आँखें लाल हो चुकी थीं और पानी की धारा लगातार बहती जा रही थी। सन्नाटे को तोड़ते हुए, सुभद्रा बोली, "हमारे पुत्र को युद्ध कला की शिक्षा किसने दी है? जो तुमने सिखाया है, वह पर्याप्त है युद्ध में जाकर लड़ने के लिए।

किसने उसे धनुष चलाना, या गदा चलाना सिखाया है?" सत्या खामोश रहा।

सुभद्रा फिर बोली," एक कृष्ण की बहन सुभद्रा है, जिसके पुत्र अभिमन्यु को द्रोण ने नहीं, बल्कि साक्षात कृष्ण और बड़े-बड़े वीरों ने शिक्षा दी है। हमारे बेटे या तो खेत में हल चलाते हैं, या भट्टी में लोहा पिघलाते हैं। तो फिर युद्ध उन राजकुमारों से ज़्यादा हमारे बेटों के लिए भयानक क्यों है?" सत्या ने केवल एक ही तर्क दिया— "यही धर्म है।" सुभद्रा चीखी, पर उसकी चीख भीतर ही घुटकर रह गई।

"द्रौपदी के खुले केश क्या सिर्फ़ दुशासन के लहू के प्यासे हैं या मेरे इस अबोध बेटे के भी? युधिष्ठिर ने उस दिन जुए की चौसर पर केवल अपना

राज्य या पत्नी नहीं हारी थी, उसने हम सबको, हमारे बच्चों को और आने वाली पीढ़ियों के भविष्य को भी दाँव पर लगा दिया था।"

कुछ देर के सन्नाटे के बाद सुभद्रा ने सत्या का हाथ पकड़ा। "एक बात पूछूँ, मकरंद के बाबा? अगर यह युद्ध वाकई धर्म के लिए है—तो राजा राजा से क्यों नहीं लड़ता? भीम और दुर्योधन एक मैदान में उतरें। अर्जुन और कर्ण एक रथ पर हों। इस बीच में हम क्यों हैं? हमारे बेटे क्यों हैं? यह मृत्यु बलिदान नहीं है, सत्या, यह बस एक 'बलि' है। राजाओं के अहंकार की वेदी पर चढ़ाई जाने वाली हमारे बच्चों की बलि।" सत्या के पास कोई उत्तर नहीं था। वह जानता था कि वह एक ऐसी व्यवस्था का हिस्सा है जहाँ सवाल पूछने की अनुमति केवल उन्हें है जो ऊँचे सिंहासनों पर बैठते हैं।

उस रात कुरुक्षेत्र की हवाओं में कृष्ण के शब्द किसी उपदेश की तरह नहीं, बल्कि एक सत्य की तरह तैर रहे थे। कृष्ण जानते थे कि राजा युद्ध रचते हैं, पर उसका भोग पूरा समाज करता है। उन्होंने उन शिविरों के बीच बहुत

धीमे स्वर में कहा था— "धर्म कोई पत्थर की लकीर नहीं है। जो समय की पुकार को नहीं समझता, वह धर्म नहीं, बल्कि हठ कर रहा है।" उन्होंने यह भी स्पष्ट कर दिया था कि इस महाविनाश की जिम्मेदारी केवल शस्त्र उठाने वालों की नहीं है। "चुप रहने वाला भी उतना ही उत्तरदायी है।"

कृष्ण रुक गए। क्योंकि इसके आगे यदि कुछ और कहा जाता, तो शायद स्वयं 'धर्म' भी अपनी विवशता पर रो पड़ता। सुबह होने को थी। शंख अभी नहीं बजे थे। पर 'अंतर्द्वंद्व' का युद्ध हर घर में, हर झोपड़ी में और हर माँ के कलेजे में पूरा हो चुका था। मैदान की हार-जीत अभी बाकी थी, पर समाज की शांति तो पहले ही हार चुकी थी।

अध्याय - 5
विद्रोह और कवच

विराट के शिविर में,

कुरुक्षेत्र की रेतीली भूमि पर रात का सन्नाटा किसी भारी पत्थर की तरह पसरा था। दूर तक फैली मशालों की लौ में विराट अपनी ढाल को निहार रहा था। वह पांडव खेमे में था, जहाँ श्रीकृष्ण का मार्गदर्शन था। पर विराट की चेतना उस अदृश्य सीमा के पार थी, जहाँ उसका जीजा सत्या और भांजा मकरंद शत्रुओं की कतार में खड़े थे।

विराट ने अपनी मुट्ठी कसी और मन ही मन एक प्रतिज्ञा की— "कल जब ये असंख्य सेनाएँ—नारायणी सेना, हस्तिनापुर की वाहिनी और साल्व के योद्धा—आपस में टकराएंगे, तब प्रलय आएगी। पर मैं उस प्रलय के बीच अपनी बहन के सुहाग और उसके वंश के लिए एक 'अदृश्य कवच' बनूँगा। मैं पांडवों का योद्धा हूँ, पर मकरंद के लिए मैं काल से भी लड़ जाऊँगा।"

सत्या के शिविर में,

सत्या के शिविर में मकरंद अपनी छोटी तलवार को पत्थर पर रगड़ रहा था। उसकी आँखों में वह युवा आवेश था जो विनाश को गौरव समझ बैठता है। सत्या ने पास आकर बहुत धीमे और गंभीर स्वर में कहा,

"मकरंद, कल तुम रणभूमि के केंद्र में नहीं उतरोगे। तुम अभी नए सैनिक हो। सेना का विधान है कि अनुभवहीन योद्धाओं को सीधे मृत्यु के मुख में नहीं भेजा जाता। कल तुम्हारा उत्तरदायित्व पीछे के शिविरों में होगा। तुम्हें हाथियों और घोड़ों की सेवा करनी होगी, उनके अस्तबलों की लीद उठानी होगी और घायलों की परिचर्या करनी होगी।"

यह सुनते ही मकरंद के हाथ रुक गए। अपमान की एक लहर उसके पैरों से सिर तक दौड़ गई। उसने अपनी तलवार झटके से पत्थर पर दे मारी, जिससे निकली चिंगारी उसकी आँखों के क्रोध से मिल गई।

"लीद उठाना? पशुओं की गंदगी साफ़ करना और घायलों की पट्टियाँ बांधना?" मकरंद की आवाज़ में वह कड़वाहट थी जो सत्या ने पहले कभी नहीं सुनी थी। "पिताजी, क्या आपने मुझे इसीलिए शस्त्र पकड़ना सिखाया था? क्या मामाश्री ने मुझे इसीलिए युद्ध की कहानियाँ सुनाई थीं कि अंत में मैं शिविर के पीछे छिपकर परिचारक का कार्य करूँ?"

मकरंद ने मामा विराट की ओर मुड़कर कहा, "मामाश्री, क्या एक वीर के लिए रणभूमि से मुँह मोड़कर लीद उठाना धर्म है? आप दोनों मिलकर मेरे चारों ओर जो 'कवच' बुन रहे हैं, वह मुझे बचा नहीं रहा, बल्कि मेरा दम घोंट रहा है। मैं इस महायुद्ध में एक सक्रिय योद्धा बनने आया हूँ, कोई मूकदर्शक नहीं!"

विराट का हस्तक्षेप: सेवा ही परम युद्ध

विराट आगे बढ़ा और उसने मकरंद के काँपते कंधों पर अपने भारी हाथ रखे। उसकी आवाज़ में एक ऐसी स्थिरता थी जिसने मकरंद के उफान को क्षण भर में शांत कर दिया।

"मकरंद," विराट ने बड़ी आत्मीयता से कहा, "तलवार चलाना और प्राण लेना सरल है। क्रोध में आकर शत्रु का शीश काट देना क्षण भर का आवेश है। पर जानते हो सबसे कठिन युद्ध क्या है? उस योद्धा के प्राण बचाना जो लहू में लथपथ अपनी अंतिम साँसें गिन रहा हो। वह कार्य जिसके लिए तेरे पिता तुझे कह रहे हैं, वह लीद उठाने तक सीमित नहीं है।"

विराट ने मकरंद की आँखों में सीधे देखते हुए कहा, "कल जब सूर्य ढलेगा, तब रणभूमि से ऐसे सैनिक लौटेंगे जिनके अंग भंग हो चुके होंगे, जिनकी आँखों में रेत होगी और कंठ में प्यास। उस समय उन्हें किसी महान सेनापति की रणनीति नहीं, बल्कि तेरे स्पर्श और करुणा की आवश्यकता होगी।

घायलों की सेवा करना किसी शत्रु को मारने से कहीं बड़ा और पवित्र कार्य है। क्या तू उन भाइयों को तड़पता छोड़ देगा, केवल इसलिए क्योंकि तुझे अपना स्वाभिमान प्यारा है?"

विराट का स्वर और गंभीर हो गया, "एक योद्धा केवल वह नहीं जो घाव देता है, महान योद्धा वह है जो घाव भरता है। पशु और घायल सैनिक—ये ही इस युद्ध के सबसे असहाय अंग हैं। उनकी सेवा करना साक्षात ईश्वर की सेवा है। क्या तू इतना साहसी है कि किसी मरते हुए सैनिक की आँखों में झाँक सके और उसे सांत्वना दे सके? यदि है, तो यह कार्य स्वीकार कर।"

विराट की बातों ने मकरंद के भीतर के आक्रोश को एक शांत समझ में बदल दिया। उसे अहसास हुआ कि जिसे वह 'छोटा काम' समझ रहा था,

वह वास्तव में साहस की पराकाष्ठा थी। किसी घायल के बहते हुए रक्त को रोकना और उसे जल पिलाना, निश्चित रूप से तलवार चलाने से अधिक धैर्य का काम था।

मकरंद ने धीरे से अपनी तलवार म्यान में डाली और सिर झुकाकर सत्या और विराट के समक्ष खड़ा हो गया।

"क्षमा करें पिताजी, क्षमा करें मामाश्री," मकरंद ने भरे हुए स्वर में कहा। "मेरा अहंकार मुझे अंधा कर रहा था। मैं तैयार हूँ। मैं घायलों की परिचर्या करूँगा। मैं उन पशुओं की सेवा करूँगा जो बिना किसी स्वार्थ के हमारे लिए प्राण देंगे। मैं दिखाऊँगा कि सत्या का पुत्र न केवल तलवार चला सकता है, बल्कि वह उन हाथों को भी थाम सकता है जो टूट चुके हैं।"

सत्या की आँखों में संतोष के आँसू थे। उसने विराट की ओर देखा और मौन कृतज्ञता व्यक्त की। विराट ने सत्या का हाथ दबाया—उनका 'कवच' अब पूर्ण हो चुका था। मकरंद अब रणभूमि के उन्माद से सुरक्षित था, पर वह एक ऐसी भूमिका में था जो उसे मानवता का सबसे बड़ा पाठ पढ़ाने वाली थी।

रात गहरा गई थी। कल का सूर्य केवल युद्ध का शंखनाद नहीं करेगा, बल्कि मकरंद के भीतर के एक नए 'योद्धा' की परीक्षा भी लेगा।

अध्याय - 6
एक दिन जागा, एक दिन बीता

भोर: समय का ठहराव और दिव्य शंखनाद

कुरुक्षेत्र की रेतीली भूमि पर जब सूर्य की पहली किरण फूटी, तो वह दृश्य अलौकिक था। एक ओर धर्मराज युधिष्ठिर को शस्त्र त्याग कर पैदल ही पितामह भीष्म और गुरु द्रोण की ओर जाते देख सब स्तब्ध थे—वे युद्ध से पहले बड़ों का आशीर्वाद लेने गए थे। मर्यादा और संस्कार की वह अंतिम झलक थी।

तभी, बीच रणभूमि में समय जैसे थम सा गया। हवा रुक गई, गिरते हुए पत्ते हवा में लटक गए और लाखों योद्धा पत्थर की मूर्तियों की भांति स्थिर हो गए। उस अनंत सन्नाटे में केवल श्री कृष्ण की दिव्य वाणी गूँज रही थी। अर्जुन को विषाद से उबारने के लिए माधव गीता का उपदेश दे रहे थे। उस क्षण में ब्रह्मांड के सारे रहस्य खुल रहे थे।

विराट, सत्या और मकरंद भी अपनी-अपनी जगह ठिठक गए थे। उन्हें नहीं पता था कि वहाँ क्या दिव्य चर्चा हो रही है, पर उन्हें अपने भीतर एक अजीब सी शांति महसूस हुई। पर जैसे ही श्री कृष्ण ने अपना 'विश्वरूप' समेटा, समय का चक्र फिर से घूमने लगा। शंखों के प्रचंड घोष ने उस

सन्नाटे को चीर दिया। आज एक दिन जागा था, पर वह अपने साथ प्रलय लेकर आया था।

विराट पांडवों की कतार में खड़ा था। उसकी आँखें अर्जुन के गांडीव को नहीं, बल्कि उस धूल के गुबार में सत्या की तलवार को ढूँढ रही थीं। जैसे ही सेनाएँ टकराईं, सत्या साक्षात काल बनकर उतरा। सत्या की तलवार पांडवों के सैनिकों पर बिजली की तरह गिर रही थी। वह अपनी टुकड़ी का नेतृत्व करते हुए पांडवों की एक वाहिनी पर भारी पड़ने लगा। सत्या के प्रहारों में कोई कला नहीं थी, पर उनमें एक पिता की वह व्याकुलता थी जो अपने बेटे तक पहुँचने वाले हर खतरे को रास्ते में ही मिटा देना चाहती थी।

विराट की नज़रें सत्या पर ही जमी थीं। उसने देखा कि पांडवों का एक कुशल धनुर्धर सत्या पर विषैला बाण साध रहा है। बाण छूटा और सत्या की बाईं भुजा को चीरता हुआ निकल गया। सत्या के मुख से एक कराह निकली और उसकी तलवार हाथ से छूटकर रेत में गिर गई। एक शत्रु सैनिक ने अवसर पाकर सत्या की गर्दन पर अपनी तलवार तानी, पर ठीक उसी क्षण एक भारी ढाल बीच में आ गई। वह विराट था। विराट ने अपने ही पक्ष के सैनिक के वार को अपनी ढाल पर रोक लिया और सत्या को पीछे हटने का मार्ग दिया। विराट ने आज दिन भर युद्ध लड़ा, पर सूर्यास्त के समय उसकी तलवार साफ़ थी। उसने किसी का वध नहीं किया था, उसने केवल सत्या को काल से छीना था।

रणभूमि के पीछे, शिविर में मकरंद के लिए समय जैसे ठहर गया था। उसके सामने एक के बाद एक ऐसी देहें लाई जा रही थीं जो अब मनुष्य नहीं, मांस के लोथड़े लग रही थीं। उसने एक सैनिक को देखा जिसका हाथ कोहनी से अलग हो चुका था और वह अपने ही कटे हुए हाथ को दूसरे हाथ से छाती से लगाए "माँ... माँ..." पुकार रहा था।

फिर एक ऐसी बैलगाड़ी आई जिसमें केवल कटे हुए सिर थे। मकरंद ने एक ऐसा चेहरा देखा जिसका सिर धड़ से अलग होकर उसकी ओर लुढ़क आया था, उसकी आँखें अब भी खुली थीं और वे मकरंद को ही ताक रही थीं। मकरंद का दम घुटने लगा। सड़ता हुआ मांस और गरम खून की गंध उसके फेफड़ों में जहर की तरह भर गई। वह रोना चाहता था, पर गला रुंध गया था।

मकरंद घुटनों के बल बैठ गया। उसके हाथ कोहनियों तक ताज़ा खून से सने थे। वह अचानक फूट-फूटकर रोने लगा। उसका पूरा शरीर झटके खा

रहा था। "पिताजी... मामाश्री... आपने मुझे यहाँ क्यों भेजा?" वह सिसकते हुए चिल्लाया।

"मैंने देखा!" मकरंद सिसकते हुए खुद से कह रहा था, "किसी की अंतड़ियाँ बाहर थीं और वह उन्हें समेटने की कोशिश कर रहा था। वे पानी मांग रहे थे, पर उनके कंठ से केवल लहू निकल रहा था। क्यों? क्यों हो रहा है यह?"

तभी धूल और पसीने में लथपथ सत्या लड़खड़ाते हुए शिविर में पहुँचा। उसकी बाईं भुजा से रक्त की धार बह रही थी। मकरंद ने जब अपने पिता को घायल देखा, तो उसके सब्र का बांध पूरी तरह टूट गया। वह बिजली की गति से झपटा और अपने पिता के सीने से लग गया। वह सत्या के जख्म को भी भूल गया और उन्हें पागलों की तरह भींच लिया।

"पिताजी! आप भी... आपको भी चोट लगी?" मकरंद का रोना अब हिचकी में बदल गया था। "मैंने सोचा था युद्ध वीरता है, पर यह तो केवल नर्क है! वह कटा हुआ सिर मुझे देख रहा था पिताजी! मुझे डर लग रहा है... मुझे इस खून की गंध से नफरत हो गई है! चलिए घर चलते हैं, मुझे कोई वीरता नहीं चाहिए!"

सत्या की अपनी आँखों से भी आँसू बह निकले। उसने देखा कि उसका वीर बनने का सपना देखने वाला बेटा आज पूरी तरह बिखर चुका है। पर तभी, मकरंद अचानक शांत हुआ। उसने सत्या के सीने से अपना सिर हटाया। उसकी आँखें, जो अब तक आँसुओं से धुँधली थीं, अचानक अंगारों की तरह लाल हो गईं।

उसका रोना बंद हो गया, पर उसकी साँसें तेज़ थीं। उसने सत्या के ज़ख्म को देखा, फिर अपनी खून से सनी हथेलियों को। उसने आसमान की ओर देखा और एक ऐसी भयानक चीख मारी जो पूरे शिविर के सन्नाटे को चीरती हुई आकाश तक गई।

"अब और नहीं," मकरंद ने अपनी फटी हुई आवाज़ में कहा। "पिताजी, आपने मुझे बचाने के लिए यहाँ भेजा था, पर अब मैं खुद को बचाने के लिए नहीं लड़ूँगा। मैं इसलिए लड़ूँगा क्योंकि अगर ये राजा शांत नहीं हुए, तो धरती पर केवल कटे हुए सिर ही बचेंगे। कल मैं पीछे नहीं रहूँगा। मैं उस मौत के सामने खड़ा होऊँगा जिसने आपको चोट पहुँचाई है।"

सूर्यास्त का शंख बजा। विराट अंधेरे में खड़ा यह सब देख रहा था। उसने आज सत्या को बचाया था, पर वह मकरंद के भीतर मर रहे उस मासूम बच्चे को नहीं बचा सका। विराट ने अपनी ढाल पर हाथ रखा—कल का

सूरज एक नए मकरंद को देखेगा, जो न तो सत्या का आज्ञाकारी पुत्र होगा, न ही विराट का रक्षित भांजा।

एक दिन जागा था वीरता के भ्रम के साथ, और एक दिन बीता था श्मशान की वास्तविकता के साथ।

अध्याय - 7
नौ रंग, दस दिन और एक अंतहीन रात

कुरुक्षेत्र की भूमि पर दसवें दिन का सूर्य ढल रहा था। सामने पितामह भीष्म बाणों की शय्या पर लेटे थे। समय जैसे ठिठक गया था, पर यहाँ तक पहुँचने के लिए विराट, सत्या और मकरंद ने जो दस दिन बिताए, वे उनके जीवन के सबसे लम्बे युग थे।

दूसरा दिन: धूसर मिट्टी

रणभूमि की सुबह जब जागी, तो धूल का एक ऐसा बवंडर उठा कि पूरी दुनिया मिट्टी के रंग की हो गई। मकरंद ने देखा कि धूल इतनी गहरी थी कि एक हाथ की दूरी पर खड़ा व्यक्ति भी अपना नहीं लग रहा था। उसके पास एक घायल सैनिक रेंगते हुए आया, जिसका पूरा शरीर धूल से इस कदर सना था कि उसकी वर्दी पहचानना असंभव था। मकरंद ने उसे जल पिलाया, तो वह मरते हुए बुदबुदाया, "भाई, क्या तुम मेरे गाँव के हो?" मकरंद का दिल दहल गया—उसे डर लगा कि अगर वह यहाँ गिर गया,

तो उसकी माँ उसे कभी नहीं ढूंढ पाएगी क्योंकि धूल ने हर योद्धा की पहचान मिटाकर सबको एक जैसा मिट्टी का ढेला बना दिया था।

तीसरा दिन: पीला भय

यह सूरज की सुनहरी किरणों का नहीं, बल्कि मौत की पीली छाया का दिन था। सत्या ने देखा कि भीष्म के रथ की गड़गड़ाहट सुनकर बड़े-बड़े शूरवीरों के चेहरे हल्दी जैसे पीले पड़ रहे थे। मकरंद के पास एक किशोर सैनिक लाया गया जो ज़ख्मों से नहीं, बल्कि डर से मर रहा था। वह मकरंद का हाथ पकड़कर गिड़गिड़ाया, "भाई, क्या सूर्यास्त नहीं हुआ? क्या वे फिर आएंगे?" वह मकरंद की गोद में ही पीला पड़ गया। विराट ने उस दिन महसूस किया कि असली युद्ध तलवारों से नहीं, बल्कि उस पीले डर से है जो इंसान के पौरुष को सूखे पत्ते की तरह थरथरा देता है।

चौथा दिन: नीला सन्नाटा

रातें इतनी सर्द थीं कि हवा जम गई थी। आकाश का गहरा नीला रंग ज़मीन पर उतर आया था, जहाँ घायल सैनिक ठंड से नीले पड़ रहे थे। विराट ने देखा कि जीवित रहने की आदिम आग में सैनिक अपने ही मृत साथियों की देह से चिपक कर सो रहे थे ताकि कुछ गर्मी मिल सके। मकरंद उस रात अपनी माँ की ममता की गर्माहट याद करना चाहता था, पर उसकी स्मृतियाँ भी उस नीली बर्फ की तरह जम चुकी थीं। मर्यादा और दया, सब उस नीली ठंडी ज़मीन पर दम तोड़ चुके थे।

पाँचवाँ दिन: हरी विभीषिका

पाँचवें दिन तक कुरुक्षेत्र एक सड़ता हुआ श्मशान बन गया। धूप की गर्मी में लाशों के ढेर से हरे मवाद जैसी गंध उठने लगी। सत्या ने देखा कि जिस

शरीर को वह कल तक 'योद्धा' कहता था, वह आज केवल मक्खियों का बसेरा था। मकरंद को उस दिन उबकाई आई और उसने अन्न त्याग दिया क्योंकि उसे हर निवाले में वही हरी सड़न महसूस हो रही थी। विराट ने देखा कि मनुष्य का अहंकार कितना खोखला है; अंत में सब केवल मांस का एक हरा पड़ता हुआ ढेर मात्र हैं।

छठा दिन: बैंगनी उन्माद

युद्ध अब किसी नियम का पालन नहीं कर रहा था, वह एक विक्षिप्त पागलपन बन चुका था। विराट ने अपने ही सैनिकों को पागलों की तरह अट्टहास करते हुए अदृश्य शत्रुओं पर तलवारें चलाते देखा। मकरंद ने एक योद्धा को अपनी ही कटी हुई उँगली चबाते देखा, जिसकी आँखों में एक अजीब सी बैंगनी चमक थी। सत्या को लगा कि इस युद्ध ने केवल शरीर ही नहीं तोड़े, बल्कि मनुष्यों की बुद्धि को भी विक्षिप्त कर दिया है।

सातवाँ दिन: सफेद शून्यता

मकरंद के भीतर का सारा शोर थम चुका था। अब उसे चीखें सुनाई नहीं देती थीं। उसके सामने एक घायल सैनिक तड़प रहा था, पर मकरंद ने बिना पलक झपकाए एक सफेद कपड़े से उसका घाव बाँध दिया। उसकी आँखों में न करुणा थी, न घृणा—वहाँ केवल एक बर्फ़ीली सफ़ेद शून्यता थी। सत्या ने विराट से कहा, "हमारा बच्चा अब पत्थर हो गया है।" मकरंद अकेले बैठा आकाश में मंडराते गिद्धों को देख रहा था, मानो वह स्वयं एक बेजान सफेद मूर्ति हो।

आठवाँ दिन: नारंगी अग्नि

भीष्म के दिव्यास्त्रों ने आकाश को नारंगी अग्नि से भर दिया था। विराट उस दिन साक्षात यमराज के सामने खड़ा था। उसकी ढाल आग की गर्मी से लाल हो चुकी थी। सत्या ने मकरंद को एक मरे हुए हाथी के विशाल शरीर के पीछे छिपा दिया। मकरंद उस सड़ती हुई देह के नीचे दबा हुआ नारंगी आकाश को देख रहा था और उसे लगा कि पूरी सृष्टि भस्म हो रही है। उस दिन उसने जाना कि वीरता केवल लड़ना नहीं, बल्कि उस धधकती ज्वाला के बीच अपनी साँसें बचाए रखना भी है।

नौवाँ दिन: कृष्ण अंधकार

नौवें दिन का युद्ध सूर्यास्त के बाद भी नहीं रुका। चारों ओर एक घना काला अंधकार था, जिसे केवल जलती हुई मशालें ही रोशनी दे पा रही थीं। वह रोशनी केवल कटी हुई मुंडियों को उजागर कर रही थी। सत्या ने अंधेरे में अपनी ही सेना के घोड़ों को घायल सैनिकों को कुचलते देखा। गिद्धों ने अब अंधेरे का इंतज़ार करना भी छोड़ दिया था। विराट और सत्या उस रात

एक टूटे रथ के नीचे गले लगकर रो पड़े, उन्हें विश्वास था कि यह उनकी अंतिम काली रात है।

दसवाँ दिन: रक्त का महाप्रलय और भीष्म का पतन

दसवें दिन का सूर्य जब उदित हुआ, तो वह किसी जलते हुए घाव की तरह लाल था। कुरुक्षेत्र की धूल अब खून के गाढ़े कीचड़ में बदल चुकी थी। आज पितामह भीष्म अपनी अंतिम यात्रा पर थे। उन्होंने अपनी आँखों में वह चमक पाल रखी थी जो केवल उस व्यक्ति की होती है जिसे पता हो कि उसका अंत निकट है।

मकरंद आज रणभूमि के उस हिस्से में पहुँच गया था जहाँ अर्जुन और भीष्म का आमना-सामना हो रहा था। उसने देखा कि शिखंडी को आगे कर अर्जुन बाणों की ऐसी वर्षा कर रहे थे मानो बादलों से लोहा बरस रहा हो। भीष्म ने अपने शस्त्र त्याग दिए थे। उनके शांत चेहरे पर एक मुस्कान थी, पर मकरंद के लिए वह मुस्कान किसी चीख से अधिक डरावनी थी।

हर बाण जब पितामह के शरीर में धँसता, तो रक्त की एक लाल फुहार निकलती। मकरंद का दम घुटने लगा। उसने देखा कि जिस पितामह को वह देवतुल्य मानता था, उनका शरीर अब बाणों से छन चुका था। जब भीष्म रथ से नीचे गिरे, तो भूमि ने उन्हें नहीं छुआ। उनके शरीर में इतने बाण थे कि वे उन्हीं बाणों की नोकों पर हवा में टिक गए—एक भयानक शरशय्या बन गई।

मकरंद पागलों की तरह उस ओर भागा। सत्या ने उसे रोकना चाहा, पर मकरंद का विक्षिप्त चेहरा देखकर उसके हाथ रुक गए। मकरंद भीष्म के चरणों के पास जाकर घुटनों के बल गिर पड़ा। उसने देखा कि पितामह के सफेद बाल अब खून से लथपथ होकर लाल और चिपचिपे हो चुके थे।

आकाश में हज़ारों गिद्ध मंडरा रहे थे, पर वे नीचे उतरने की हिम्मत नहीं कर पा रहे थे, मानो वे भी उस महान आत्मा के पतन का सम्मान कर रहे हों।

मकरंद ने अपनी काँपती हुई मुट्ठी में कुरुक्षेत्र की उस गीली लाल मिट्टी को भींचा। उसे लगा कि वह मिट्टी नहीं, बल्कि मरे हुए हज़ारों लोगों की चीखें हैं जो उसके नाखूनों में धँस रही थीं। उसने आकाश की ओर देख कर एक ऐसी मूक चीख लगाई जिसमें आवाज़ तो नहीं थी, पर दर्द इतना था कि पास खड़े विराट का कलेजा काँप उठा।

दसवें दिन की साँझ: तीन योद्धा, तीन सोच

सूरज आधा डूब चुका था और रणभूमि में एक भारी सन्नाटा पसर गया था।

विराट की सोच

विराट अपनी फटी हुई ढाल को देख रहा था। उसने सोचा— "आज वह पर्वत गिर गया जिसकी छाया में हम सब सुरक्षित महसूस करते थे। यदि भीष्म जैसे अजेय योद्धा का यह हश्र हो सकता है, तो हम तिनकों की क्या बिसात? आज धर्म जीत गया होगा, पर मानवता हार गई है। कल जब द्रोणाचार्य आएंगे, तो विनाश की गति क्या होगी?"

सत्या की सोच

सत्या की आँखें मकरंद पर जमी थीं। उसने अपनी थकी हुई भुजा को थामते हुए सोचा— "मैंने अपने बेटे को यहाँ वीर बनाने के लिए भेजा था, पर इन दस दिनों ने उसे एक ज़िंदा लाश बना दिया है। वह अब मेरी आवाज़ भी

नहीं सुनता। भीष्म के साथ-साथ मेरे बेटे का बचपन भी आज इसी लाल मिट्टी में दफन हो गया है। क्या हम सच में यहाँ से जीवित लौट पाएंगे?"

मकरंद की सोच

मकरंद के दिमाग में केवल वह लाल रंग घूम रहा था। उसने अपनी लाल आँखों से भीष्म को निहारा और सोचा— "पितामह को मरने के लिए भी तीरों का बिस्तर मिला, पर उन हज़ारों अनाम सैनिकों का क्या जिनका शरीर आज धूल और सड़न में मिल गया? युद्ध महानता की कहानी नहीं है, यह केवल रक्त की एक प्यास है। आज से मेरे लिए न कोई गुरु है, न कोई पितामह। अब मैं केवल एक यंत्र हूँ, जिसका काम है मारना या मरना।"

नौ दिनों के नौ रंगों ने उन्हें जलाया था, पर दसवें दिन के लाल रंग ने उन्हें पूरी तरह पत्थर बना दिया। एक युग का अंत हो गया था, और रात की कालिमा एक नए विनाश का संकेत दे रही थी।

अध्याय - 8
दो युवा, एक चक्रव्यूह

कुरुक्षेत्र की रणभूमि पर वह प्रभात अन्य दिनों से भिन्न था। आकाश गहरे लाल रंग में डूबा था, मानो प्रकृति स्वयं उस रक्तपात की सूचना दे रही हो, जो शीघ्र ही घटित होने वाला था। पांडवों की ओर से केवल अर्जुन ही चक्रव्यूह-भेदन का पूर्ण ज्ञान रखते थे, किंतु संशप्तक सेना उन्हें युद्ध में उलझाकर दूर ले गई थी। पीछे रह गया था एक किशोर—अभिमन्यु।

शिविर के पिछले हिस्से में, जहाँ प्यासों के लिए जल रखा जाता था, मकरंद अपनी पुरानी ढाल साफ कर रहा था। उसके पिता उसे देख रहे थे—आँखों में वर्षों का अनुभव और वर्तमान का भय।

"मकरंद," उनकी आवाज़ काँप रही थी, "यह क्या पागलपन है? तुम योद्धा नहीं हो। तुम तो वह हो, जो प्यासों के कंठ शीतल करता है। इस रक्तपात से तुम्हारा क्या नाता?"

मकरंद ने ढाल एक ओर रख दी। "तात," वह शांत स्वर में बोला, "इन दिनों की सेवा ने मुझे वह सत्य दिखाया है, जो शांत जीवन में नहीं दिखता। मैंने देखा है—मृत्यु कितनी साधारण है। कोई पानी पीते-पीते मर जाता है, कोई लड़ते हुए। जब मृत्यु इतनी अनिश्चित है, तो फिर मैं अपने वजूद का अर्थ रणभूमि से दूर क्यों खोजूँ? मेरा उत्तर उस चक्रव्यूह के भीतर है।"

रणभेरी गूँजी। अभिमन्यु का रथ वायु को चीरता हुआ चक्रव्यूह में प्रविष्ट हुआ। उसी क्षण जल पहुँचाने के बहाने खड़ा मकरंद सैनिकों के उस प्रवाह में फँस गया, जो भीतर की ओर बढ़ रहा था। प्रवेश द्वार पर जयद्रथ दीवार बनकर खड़ा हो गया। पांडव बाहर रह गए।

मकरंद भीतर था—निहत्था सेवक, असंख्य शस्त्रधारी योद्धाओं के बीच।

चक्रव्यूह के भीतर अभिमन्यु जैसे किसी और की चेतना में प्रवेश कर चुका था। यही वह रचना थी, जिसे उसने माँ सुभद्रा के गर्भ में सुना था— अधूरा ज्ञान, पर अडिग साहस। उसके बाण बिजली की भाँति टूट पड़े। कौरव सेना की पहली पंक्तियाँ ऐसे गिरीं, जैसे आँधी में सूखे पत्ते।

मकरंद दूर से सब देख रहा था। हर बाण के साथ उसका हृदय काँप उठता। वह जलपात्र को कसकर पकड़े खड़ा था—जैसे वह युद्ध नहीं, किसी अग्निकांड के बीच फँसा हो।

दुशासन आगे बढ़ा—अभिमन्यु के बाण ने उसका धनुष चीर दिया। दुर्योधन क्रोध में झपटा—उसके रथ का संतुलन बिगड़ गया। कृपाचार्य ने पीछे से वार किया—पर प्रत्युत्तर में उनका धनुष भूमि पर गिर पड़ा।

"यह बालक..." मकरंद के होंठ काँप उठे, "यह तो पूरी सेना को रोक रहा है..."

दीर्घ काल तक, जब तक सूर्य अपनी दिशा बदलता रहा, वह अकेला योद्धा महारथियों को उलझाए खड़ा रहा। द्रोणाचार्य क्षण भर को स्तब्ध थे। यह युद्ध नहीं था—यह एक किशोर द्वारा धर्म को थामे रखने का प्रयास था।

फिर नियम टूटे। एक साथ अनेक दिशाओं से प्रहार हुए। कर्ण का बाण अभिमन्यु के धनुष पर लगा—प्रत्यंचा टूट गई। रथ पर आघात हुआ—अश्व गिरे, पहिए टूटे, रथ धराशायी हो गया।

मकरंद का कंठ सूख गया। वह आगे बढ़ना चाहता था—पानी लेकर। उसका मन चीख रहा था—दौड़... अभी दौड़... पर चारों ओर भाले और तलवारें थीं। एक कदम भी बढ़ाना मृत्यु को आमंत्रण देना था।

अभिमन्यु भूमि पर खड़ा था—पर पराजित नहीं। उसने तलवार उठाई। पैदल होकर भी वह महारथियों को पीछे हटने पर विवश करता रहा। उसके घाव बढ़ते गए, रक्त बहता रहा, पर उसकी दृष्टि स्थिर थी।

कौरव उस बालक के घायल शरीर से ऐसे खेल रहे थे, जैसे शिकारी अपने शिकार से खेलते हैं। पर अभिमन्यु की आँखों में कोई पीड़ा नहीं थी—कोई कराह नहीं—केवल एक स्थिर प्रश्न।

जब तलवार टूटी, तो गदा उठी। जब गदा छिनी, तो टूटे रथ का पहिया। वह क्षण—जब रक्त में लथपथ एक सोलह वर्षीय बालक रथ-चक्र को शस्त्र बनाकर खड़ा था—इतिहास का मौन अभियोग बन गया।

कर्ण आगे बढ़ा। यह दृश्य उससे और नहीं सहा गया। उसने देखा—एक वीर, और उसके चारों ओर केवल अधर्म। कर्ण की आँखें भर आईं। उसने तलवार उठाई—घृणा से नहीं, करुणा से।

पुत्र, उसने धीमे स्वर में कहा, "इस अधर्म के बीच तुम ही अंतिम धर्म हो।"

और उसने उस योद्धा को वीरगति देकर शांत कर दिया।

अभिमन्यु भूमि पर निःशब्द पड़ा था।

मकरंद दौड़ा। उसके हाथ में जलपात्र था—वही जल, जो वह अब तक अनगिनत घायलों को पिलाता आया था। आज वह उसे उस बालक को देना चाहता था, जिसने अकेले ही अधर्म को रोके रखा था।

वह झुका—उसी क्षण एक कौरव सैनिक की पाँव की ठोकर उसकी छाती पर पड़ी। जलपात्र हवा में उछला और मकरंद धूल और रक्त में जा गिरा। पानी धरती ने पी लिया। अभिमन्यु को कुछ न मिला।

मकरंद ने सिर उठाया। उसकी आँखों में अब आँसू नहीं थे। वहाँ केवल वह क्रोध था, जो मौन रहकर भी आने वाले विनाश की घोषणा करता है। उस दिन चक्रव्यूह में केवल एक वीर नहीं मरा था—मकरंद के भीतर का शांत मनुष्य भी वहीं टूट गया था।

धरती शांत हो गई थी। शंख, रणभेरी, रथों की चरमराहट—सब कुछ जैसे एकाएक थम गया था। केवल हवा चल रही थी, और उसमें रक्त की गंध घुली हुई थी। अभिमन्यु का शरीर रणभूमि पर निश्चल पड़ा था, और उसके चारों ओर फैला मौन शब्दों से अधिक तीखा था।

मकरंद उसी मौन के बीच घुटनों के बल बैठ गया। उसके हाथ अब भी जलपात्र को ढूँढ़ रहे थे, मानो देर से सही, वह अभिमन्यु के फटे होंठों तक पानी पहुँचा देगा। पर उसके हाथ खाली थे—जैसे उसका पूरा जीवन खाली हो गया हो।

उसकी आँखों के सामने बार-बार वही दृश्य लौट आता—पानी का टलमलाता पात्र, हवा में घूमता हुआ, फिर धूल में बिखरता जल… और अभिमन्यु के होठ, जो सूखे ही रह गए।

उसने अभिमन्यु के माथे को छुआ। माथा ठंडा था, पर अभी-अभी लड़े गए संघर्ष की तपिश अब भी वहाँ बसी हुई थी।

"मुझे क्षमा करो…"

शब्द उसके होंठों से निकले, पर आवाज़ उसके ही गले में टूट गई। वह रोया नहीं—आँसू जैसे रास्ता भूल गए थे। उसके भीतर जो उठ रहा था, वह रोना नहीं, कठोर करुणा थी—वह करुणा जो मनुष्य को भीतर से तोड़ देती है और फिर नया बना देती है।

उसे लगा—आज केवल अभिमन्यु नहीं मरा है। आज बचपन मरा, विश्वास मरा, न्याय में आस्था मरी। और सबसे अधिक—उसके भीतर रहने वाला वह साधारण सा व्यक्ति, जो केवल पानी बाँटकर भी जीवन को पर्याप्त समझ लेता था—वह भी मर गया।

उसके हाथ काँप रहे थे। वह अभिमन्यु के रक्त से भीगी हुई धरती को मुट्ठी में भर लेना चाहता था—जैसे वह उस अन्याय को पकड़कर रोक सकता हो। पर मिट्टी उँगलियों के बीच से फिसलती रही।

चारों ओर कौरव योद्धा खड़े थे—कुछ थके, कुछ विचलित, कुछ निर्विकार। पर मकरंद ने उन्हें देखा ही नहीं। उसके लिए अब पूरा संसार केवल दो वस्तुओं में सिमट गया था—निःश्वास रहित अभिमन्यु और उसका अपना टूटता हुआ हृदय।

उसने धीरे से कहा—"तुम अकेले नहीं थे... मैं भी तुम्हारे साथ मर गया हूँ।"

उस क्षण मकरंद का मौन शोक नहीं रहा—वह संकल्प बन गया। यह उस दुर्बल व्यक्ति का क्रोध नहीं था जो प्रतिशोध चाहता है, बल्कि उस व्यक्ति

का था जिसने संसार का सबसे भयानक दृश्य देख लिया हो और अब सच से मुँह नहीं मोड़ सकता।

आकाश गहरा होता जा रहा था। सूर्य ढल रहा था। मकरंद ने अपने आँसुओं से भीगे दोनों हाथ जोड़कर आकाश की ओर देखा। उसके भीतर एक व्रत जन्म ले चुका था—कि वह इस अन्याय को केवल इतिहास की कथा बनकर मिटने नहीं देगा, कि वह इस मृत्यु को केवल आँसुओं से विदा नहीं करेगा, कि वह जीते-जी इस युद्ध के कारणों को पहचानकर दुनिया के सामने लाएगा—चाहे उसकी अपनी साँसें ही क्यों न टूट जाएँ।

उस रात कुरुक्षेत्र में दो मृतदेह पड़े थे—एक अभिमन्यु का, और दूसरा मकरंद के भीतर का।

अध्याय - ९
सुभद्रा का मकरंद

कुरुक्षेत्र की वह रात मर्यादाओं के भस्म होने की रात थी।

आकाश घटोत्कच की भयावह गर्जना से काँप रहा था। मायावी राक्षस बादलों के बीच खड़ा होकर कौरव सेना का काल बन चुका था। तभी कर्ण ने अपनी अमोघ शक्ति का संधान किया। वह दिव्य बाण प्रलयंकारी बिजली की भाँति घटोत्कच के वक्ष को चीरता हुआ निकल गया।

प्राण निकलते ही उसका पहाड़-सा शरीर डगमगाया।

मकरंद ने धुँधली आँखों से देखा, मरते हुए भी उस राक्षस के भीतर कितनी करुणा थी। वह अपनी अंतिम शक्ति से दिशा बदलने का प्रयास कर रहा था, ताकि निर्जन स्थान पर गिरे।वह मरते हुए भी किसी और का जीवन नहीं लेना चाहता था।

पर नियति को कुछ और ही स्वीकार्य था।

अगली सुबह—जब सूरज की मटमैली किरणें धूल और धुएँ को चीरती हुई धरती पर उतरीं—रणभूमि किसी वीभत्स श्मशान-सी प्रतीत हो रही थी।

सत्यवान रात भर अपने पुत्र को खोजता रहा था।उसे विश्वास था—मकरंद सेवा शिविर में घायलों का उपचार कर रहा होगा। पर वह वहाँ नहीं मिला।

उसने अपने शिविर, अन्य शिविर—हर जगह खोजा। पर मकरंद कहीं नहीं था। सत्यवान स्वयं भी घायल था, पर अब शारीरिक पीड़ा मानसिक उन्माद में बदल चुकी थी।

अंततः वह पागलों की तरह रणभूमि की ओर दौड़ा।

लाशों के बीच—हर चेहरा उसके लिए एक प्रश्न था।

तभी सामने से आते विराट को देखकर वह उससे लिपट गया—

“विराट! मेरा मकरंद नहीं मिल रहा! वह इन लाशों के बीच कैसे हो सकता है? मेरा बेटा मरा नहीं है!”

दोनों टूटे रथों और भारी शवों को हटाने लगे।

तभी मलबे के नीचे से एक क्षीण, काँपती हुई आवाज़ आई—

"...बा...बा..."

मकरंद दबा हुआ मिला।

उसका निचला शरीर पूरी तरह कुचला जा चुका था। सत्यवान उसे झपटकर अपनी गोद में उठा लाया। विराट ने अपने भांजे के ठंडे पड़ते हाथ थाम लिए।

मकरंद ने बड़ी कठिनाई से आँखें खोलीं।

"बाबा..."

उसकी आवाज़ काँप रही थी—

"मैं डर नहीं गया था, बाबा...

मैं तलवार और ढाल से लड़ रहा था...

पास के सैनिकों को बचा रहा था...

पर बाबा... मैं अभिमन्यु जैसा वीर कहाँ था?"

उसकी आवाज़ क्षीण हो गई,

पर आँखों में अद्भुत चमक थी।

"तभी... मैंने उस मोर-मुकुट, श्यामल रंग के मानव को देखा, बाबा।

उन्हें देखते ही मन में वैसी ही शांति उतर आई—जैसे माँ पास खड़ी हो।

पर मैंने उन्हें इशारा करते देखा...

जैसे वे उस राक्षस से कह रहे हों—वहीं गिरो... जहाँ मैं हूँ।

वो मोर-मुकुट वाला मानव इतना निर्दयी कैसे हो सकता है, बाबा?"मकरंद की आँखें बंद हो गईं।

सत्यवान का हृदय काँप उठा। वह आकाश की ओर चीख पड़ा—

"कृष्ण! यह कैसा धर्म है?"

तभी मकरंद ने फिर आँखें खोलीं। आँखें रक्त से लाल थीं, और आँसू जल की भाँति बह रहे थे।

"बाबा…"

"जब मैं दबा हुआ था… बहुत प्यास लगी थी…

अँधेरा था… दर्द था…तभी एक तेज प्रकाश फैला…और वही मोर-पंख वाला, श्यामल रंग का मानव आया।

उन्होंने मेरे सिर को अपनी हथेली पर टिकाया…और अपने हाथों से मुझे पानी पिलाया, बाबा—वैसे ही… जैसे मैं घायल सैनिकों को पिलाता था।

प्यास बुझ गई, बाबा…

मन शांत हो गया।"

"मैंने पूछा—आप कौन हैं?"

उन्होंने कहा—

'वही मोर-मुकुट वाला निर्दयी मानव।'

फिर वे हँसे—'मुझे सभी कृष्ण कहते हैं, मकरंद।'

"आप मुझे जानते हैं?" मैंने पूछा।

'हाँ पुत्र—मैं सब जानता हूँ।'

"प्रभु…" "आप तो भगवान हैं… फिर मेरे पास क्यों आए हैं?"

माधव बोले— "पुत्र, इस युद्ध में जिसके मन में प्रश्न होता है, मैं स्वयं उत्तर बनकर उसके पास आ जाता हूँ।

तुम्हारे मन में भी प्रश्न है—पूछो।"

"मकरंद हिचकिचाते हुए बोला…"आपने उस राक्षस को हमारे ऊपर गिरने क्यों दिया?"

कृष्ण का स्वर शांत था—"तुम्हें लगा कि मैंने उसे तुम्हारी ओर गिराया। जब कार्य मनुष्य की इच्छा के विरुद्ध होता है,तो दोष मुझे दिया जाता है।

पर पुत्र—

दूसरी ओर, अधिक सैनिक थे। धर्म यह नहीं कि कोई न मरे। धर्म यह है कि कम से कम मरे।"

फिर बोले—"पर क्या यही प्रश्न तुम्हें परेशान कर रहा है?"

कृष्ण मुस्कुराते हुए बोले।

"मकरंद, अपने मन के संदेह को पूछो—उसे भीतर मत दबाए रखो।"

मकरंद रो पड़ा—

"प्रभु… मैंने अभिमन्यु को मरते देखा… मन था, मैं उसकी मदद करूँ…. उसे पानी पिलाऊँ…पर मैं विवश था…"

माधव ने करुणा से कहा—"पुत्र, तुम्हें किसने कहा कि केवल शस्त्र उठाने वाला ही वीर होता है? तुम करुणामयी हो। तुमने हर घायल की सेवा मन से की।

अभिमन्यु को शत्रुओं के घेरे में पानी पिलाने का विचार—क्या यह वीरता नहीं?

तुम उतने ही वीर हो, पुत्र—जितना अभिमन्यु।

कुरुक्षेत्र में

अभिमन्यु की वीरता जीती है—

और तुम्हारी करुणा भी।"

मकरंद की आँखें फिर मुँद गईं।

सत्यवान और विराट विलाप करने लगे—"पुत्र! तू शांत हो! हम तेरा उपचार कराएँगे!"

मकरंद मुस्कुराया। स्वर काँप रहा था, पर उसमें अलौकिक दृढ़ता थी—

"कृष्ण का चेहरा...

धीरे-धीरे... माँ जैसा हो गया, बाबा।

"माँ मुझे लाड़ से पुकार रही थी, जैसे बचपन में पुकारती थी—जैसे यशोदा का कान्हा, जैसे पार्वती का गणेशनंद, वैसे ही मैं सुभद्रा का मकरंद...

डर नहीं था... बस सुकून था...

और फिर...

माँ का चेहरा...

तुम जैसा हो गया, बाबा।"

क्षण भर का मौन।

"फिर मैंने...

तुम्हारी आवाज़ सुनी..."

इतना कहते ही मकरंद की उँगलियाँ ढीली पड़ गईं। आँखें खुली की खुली रह गईं।

सत्यवान समझ गया—

उसने अपना मकरंद खो दिया। उसके भीतर से निकली चीख शब्द नहीं थी—वह पिता होने की अंतिम पुकार थी।

विराट घुटनों के बल गिर पड़ा। वह कवच—जो अब तक अजेय था—आज अपने प्राणप्रिय भांजे को न बचा सका।

रणभूमि शांत थी।

पर उस शांति में

दो टूटे हुए हृदय

अब भी अपना सबसे कठिन युद्ध लड़ रहे थे।

अध्याय - 10
विजय का शोक

कुरुक्षेत्र की अठारह दिनों की अग्नि शांत हो चुकी थी, पर उसकी राख अभी भी आत्माओं को झुलसा रही थी। शंखों की अंतिम गूँज थम चुकी थी, पर वह सन्नाटा—जो युद्ध के बाद जन्म लेता है—आज भी कानों को फाड़ रहा था। पांडव जीत चुके थे। पर यह कैसी विजय थी, जिसमें धरती पर केवल शव बचे थे और आकाश में कोई उत्सव नहीं था।

रणभूमि के उसी रक्तरंजित कोने में, जहाँ मकरंद ने वीरगति पाई थी, आज सत्यवान अपने जीवन की अंतिम घड़ियाँ गिन रहा था। विराट भैया ने अपने बहनोई, अपने मित्र और अपने भाई समान सत्यवान का लहूलुहान सिर अपनी गोद में थाम रखा था। सत्यवान की आँखों में अब आँसू नहीं थे—केवल एक तीखा बोध और बुझती हुई लौ।

उसने कीचड़ में पड़े दुर्योधन के टूटे रथ की ओर देखा और काँपती हुई आवाज़ में बोला— "देख रहे हो विराट भैया… वह दुर्योधन, जो सुई की नोक के बराबर भूमि देने को तैयार नहीं था, आज उसी मिट्टी में निष्प्राण पड़ा है। जिस धरती के लिए उसने पूरे कुल का विनाश किया, आज वही धरती उसके रक्त से सनी है। अंत में राजा हो या सेवक—सबको इसी

पंचतत्व में मिलना है। भूमि वहीं की वहीं रह जाती है, कट तो हम जैसे लोग जाते हैं…”

विराट भैया चुपचाप सत्यवान के माथे से धूल और पसीना पोंछता रहा। दूर क्षितिज पर युधिष्ठिर का विजय जुलूस धीरे-धीरे हस्तिनापुर की ओर बढ़ रहा था। सत्यवान एक कड़वी हँसी हँसा— “राज्य मिल गया विराट भैया… पर परिवार कहाँ है? जब पांडव महलों में कदम रखेंगे, तो स्वर्ण सिंहासन तो दिखेगा—पर उस पर बैठने वाले बच्चे नहीं। धृतराष्ट्र ने कृष्ण के पाँच गाँवों की कीमत अपने सौ पुत्रों की बलि देकर चुकाई—और बदले में मिला क्या? केवल श्मशान की शांति। क्या इसे ही विजय कहते हैं?” उसकी साँसें उखड़ने लगीं।

उसने विराट भैया का हाथ कसकर पकड़ लिया— "और हमारा क्या विराट भैया? मेरी जिम्मेदारी राज्य की सेवा थी—मैंने निभाई। पर मेरा भी तो एक परिवार था। मेरा मकरंद..." वह मकरंद, जिसके कर्म फूलों के रस की तरह निष्पाप थे, आज इस खूनी खेल की भेंट चढ़ गया था।

सत्यवान के होंठ काँपे— "देखो विराट भैया... द्रौपदी दुशासन के खून से अपने केश धो रही है... नहीं... उस रक्त में मकरंद का रक्त भी है। उसे रोको भाई... उसे रोको..." विराट भैया कुछ नहीं बोला। वह जानता था—अब कोई किसी को रोक नहीं सकता था। सत्यवान फिर बोला— "लोग द्रोण का अनुशासन लिखेंगे, भीष्म की प्रतिज्ञा, अर्जुन का गांडीव, कर्ण का दान—पर मकरंद का नाम कौन लेगा?

हम केवल मोहरे थे विराट भैया, जिन्हें बड़े खिलाड़ियों ने अपनी बिसात पर चला दिया।"

तभी, उस मटमैले अंधेरे में एक दिव्य आभा फैल गई। श्रीकृष्ण उनके समीप आकर खड़े हो गए। सत्यवान ने अपनी शेष बची शक्ति बटोरी और काँपते स्वर में हाथ जोड़कर श्रीकृष्ण से बोला— "केशव! युद्ध के प्रथम दिन आपने अर्जुन को वह दिव्य ज्ञान दिया, जिसने काल के चक्र और जीवन की नश्वरता को समझा दिया था। आपने कहा था कि आत्मा अमर है, न कोई मरता है, न कोई मारता है। फिर... फिर वही अर्जुन अभिमन्यु के वध पर एक साधारण पिता की तरह क्यों बिलख उठा? उस दिव्य ज्ञान की रोशनी उसके क्रंदन और प्रतिशोध की अग्नि को शांत क्यों नहीं कर पाई? मा-पिता जब अपने पुत्र को खोते हैं, तब दिव्य ज्ञान के शब्द कहाँ काम आते हैं केशव?

जब मकरंद की देह ठंडी पड़ी थी, तब मुझे आत्मा की अमरता नहीं, अपने पुत्र की वह मुस्कान याद आ रही थी जो अब कभी नहीं लौटेगी। क्या हृदय की इस रिक्तता के लिए ईश्वर के पास भी कोई तर्क नहीं है?" कृष्ण मौन रहे। उनके पास सृष्टि के सारे तर्क थे, पर उस क्षण एक पिता के टूटे हृदय के सामने वे तर्क व्यर्थ थे। सत्यवान की साँस थमने लगी। उसका हाथ विराट भैया की पकड़ से ढीला पड़ गया। उसने अंतिम बार "मकरंद..." कहा और उसके प्राण पंचतत्व में विलीन हो गए।

विराट चीख पड़ा। उसने सत्यवान के पार्थिव शरीर को छाती से लगा लिया। उसे अपनी बहन याद आ गई, जिससे उसने वादा किया था कि वह उसके सुहाग और पुत्र का कवच बनेगा। आज विराट उन्हें वापस लेकर जा रहा

था—राख, अस्थियाँ और उस टूटे हुए कवच के साथ जो न किसी शस्त्र से बचा सका, न किसी वचन को निभा पाया।

हस्तिनापुर में विजय का उद्घोष तो था, पर संपूर्ण भारतवर्ष में इस विजय का सब शोक कर रहे थे। न जाने कितने मकरंद और सत्यवान इस युद्ध की भेंट चढ़ चुके थे। कुरुक्षेत्र की उस मिट्टी में दबे लाखों नामों का दर्द किसी ग्रंथ में दर्ज नहीं हुआ। विराट राख का पात्र थामे खड़ा था, जैसे पूरे युद्ध का बोझ उसी में बंद हो। वह समझ चुका था कि युद्ध केवल रणभूमि में नहीं, पीढ़ियों तक मनुष्य के भीतर चलता रहता है। मकरंद की राख इतिहास की चुप्पी में मिल गई। और उसी चुप्पी में कभी कोई साधारण मनुष्य पूछेगा—यदि यही धर्म था, तो अधर्म किसे कहते हैं? उस दिन कुरुक्षेत्र ने एक युद्ध नहीं, बल्कि मानवता की कीमत देखी थी। और वही कीमत इस विजय का सबसे बड़ा शोक बनकर धरती पर हमेशा के लिए दर्ज हो गई।

अध्याय - 11
मौन

"कृष्ण ने सही कहा था—इतिहास वीरों की गाथा लिखता है, पर वह वास्तव में उन लोगों के मौन का लेखा-जोखा होता है जिन्होंने समय पर बोलना आवश्यक नहीं समझा। इतिहास के पन्नों पर वीरों की तलवारें चमकती हैं, पर उनके साये में छिपे मौन के अपराधों को कोई नहीं देखता।"

द्वारका की उस वीरान तटरेखा पर श्रीकृष्ण की आवाज़ समुद्र की गर्जना में विलीन हो गई, पर उनके शब्द विराट के भीतर किसी ज्वालामुखी की तरह धधक रहे थे।

विराट समझ रहा था कि कृष्ण केवल युद्ध के बारे में नहीं बोल रहे—वह उस अदृश्य सत्य की ओर संकेत कर रहे थे, जिसे देखने के लिए साधारण दृष्टि पर्याप्त नहीं।

कृष्ण ने शांत स्वर में कहा था—

"जब मनुष्य अपने कर्तव्य से आँखें चुरा लेता है, तब उसका मौन भी अपराध बन जाता है। युद्ध तलवारें नहीं शुरू करतीं—मौन शुरू करता है। अशांत मन जगत को दोष देता है, और स्थितप्रज्ञ मन सत्य को पहचानता है।"

विराट को लगा मानो कृष्ण के शब्द समुद्र की लहरों की तरह उसके भीतर उठ रहे हों—कभी शांत, कभी प्रचंड।

उसे पहली बार समझ आया कि **कुरुक्षेत्र केवल मैदान में नहीं था—वह प्रत्येक मनुष्य के भीतर था।**

और इस भीतरी कुरुक्षेत्र में सबसे बड़ा शत्रु कोई हथियार नहीं, कोई योद्धा नहीं—**मौन** था।

कृष्ण ने उसे यह भी कहा था —

"अधर्म तब नहीं बढ़ता जब अधर्मी शक्तिशाली होते हैं; अधर्म तब बढ़ता है जब धर्म को जानने वाले अपने मुख पर ताला लगा लेते हैं। तब हम अज्ञान को ही अपना ईश्वर बना लेते हैं।"

इन शब्दों ने विराट के भीतर एक नया प्रकाश जगा दिया—एक ऐसी दृष्टि जो उसे अब तक दिखाई नहीं दी थी।

उसे समझ आया कि मौन केवल ध्वनि की अनुपस्थिति नहीं, बल्कि सत्य की मृत्यु भी है

विराट मौन बैठा था, पर उसके भीतर एक प्रलयकारी मंथन चल रहा था। केशव के दिव्यज्ञान ने उसके 'काश' के कोहरे को चीर दिया था। अब उसे समझ आ रहा था कि कुरुक्षेत्र की उस रक्तरंजित मिट्टी में केवल योद्धाओं के शव नहीं दबे थे, बल्कि वहाँ एक पूरे युग का 'मौन' दफन था।

विराट ने अपनी आँखें मूँद लीं, तो उसे युद्ध का असली चेहरा दिखाई दिया। उसे बोध हुआ कि इस युद्ध का असली कारण शस्त्र नहीं, बल्कि वह मौन था जो वर्षों से हस्तिनापुर की रगों में विष बनकर दौड़ रहा था।

“विराट ने देखा कि यह मौन तब शुरू हुआ था, जब महाराज पाण्डु चुपचाप राजमहल छोड़कर वन चले गए—और हस्तिनापुर में कोई भी इतना साहसी नहीं था कि उन्हें रोककर पूछ सके कि राज्य का भविष्य किसके हाथों में छोड़ा जा रहा है।

यह मौन और गहरा तब हुआ जब पितामह भीष्म ने अपनी प्रतिज्ञा के मोह में राज्य को अधर्म के हाथों सौंप दिया। विराट को अब स्पष्ट दिख रहा था—भीष्म का यह मौन कोई महान त्याग नहीं था; यह एक ऐसा मौन था जिसने दुर्योधन जैसे अहंकार को जन्म लेने के लिए पूरी भूमि उपलब्ध करा दी।

उसकी दृष्टि फिर धृतराष्ट्र पर गई—धृतराष्ट्र का पुत्र-प्रेम अंधा था, और उसी मोह में किए गए उसके सभी गलत निर्णयों पर सभा का सामूहिक मौन ही इस महायुद्ध की पहली सच्ची शुरुआत था।

परन्तु सबसे भयानक वह मौन था जो द्रोण और कृपाचार्य ने सभा के उस काले दिन ओढ़ा था। विराट की आत्मा थर्रा उठी यह सोचकर कि जिस सभा में एक कुलवधू का अपमान हो रहा था, वहाँ आर्यावर्त के सबसे बड़े ज्ञानी अपनी गर्दनें झुकाए बैठे थे। उनकी विद्वत्ता, उनका शौर्य और उनके शास्त्र उस दिन उनके मौन के भार तले दबकर मर गए थे। यदि उस दिन उनमें से कोई एक भी उठ खड़ा होता—तो शायद मकरंद और न जाने कितने मकरंद और सत्यवान जैसे को आज राख न बनना पड़ता।”

विराट के भीतर की चोट अब प्रजा की ओर मुड़ गई थी। उसे समझ आया कि हस्तिनापुर की वह जनता, जो आज सफ़ेद साड़ियों में लिपटी विलाप कर रही है, वह भी इस विनाश की उतनी ही बड़ी साझीदार थी।

हस्तिनापुर की सड़कों पर चलने वाले लाखों लोग तब मौन थे जब धर्म को दांव पर लगाया जा रहा था। उन्हें लगा कि महलों की आग उनके घरों तक नहीं पहुँचेगी, पर आज उसी आग ने उनके बेटों को निगल लिया था। प्रजा का वह 'स्वार्थपूर्ण मौन' ही था जिसने अधर्म को सिंहासन तक पहुँचाया।

विराट ने एक गहरी साँस ली। उसे अब 'मौन' का सबसे वीभत्स रूप समझ में आया—मौन रहना केवल चुप रहना नहीं है, बल्कि अन्याय को सहना और उसे स्वीकार कर लेना है। कुरुक्षेत्र के मैदान में जो तलवारें चलीं, वे तो केवल उस मौन का परिणाम थीं जो बरसों से सभाओं और गलियों में पल रहा था।

मकरंद और सत्यवान की मृत्यु का कारण दुर्योधन का हठ नहीं था; उनकी मृत्यु का असली कारण वह सन्नाटा था जो हस्तिनापुर ने अपनी सुरक्षा समझकर ओढ़ रखा था।

विराट अब खड़ा हुआ। उसकी आँखों में अब पश्चाताप नहीं, बल्कि एक कठोर सत्य की चमक थी। उसे समझ आ गया था कि संसार में अधर्म इसलिए नहीं जीतता कि अधर्मी बहुत शक्तिशाली हैं, बल्कि इसलिए जीतता है क्योंकि धर्म को जानने वाले 'मौन' रहने का विकल्प चुन लेते हैं।

विजय का उत्सव अब विराट के लिए अर्थहीन था। उसे पता था कि जब तक मनुष्य सत्य बोलने का साहस नहीं जुटाएगा, तब तक हर युग में एक नया कुरुक्षेत्र जन्म लेगा और हर बार मकरंद और सत्यवान जैसे निर्दोषों की राख ही शेष रहेगी।

विराट ने समुद्र की लहरों को साक्षी मानकर मन ही मन संकल्प लिया—अब चाहे जो हो जाए, वह इस 'मौन' के विष को अपनी अगली पीढ़ियों तक नहीं पहुँचने देगा। क्योंकि वो जान गया था, यदि हम फिर मौन रहे, तो इतिहास हर युग में नया कुरुक्षेत्र लिखेगा।

उसने आकाश की ओर देखा और मन ही मन कहा—'हे माधव! आज से मेरा मौन टूट गया।'

"कृष्ण सदा सहायते"

कर्मण्येवाधिकारस्ते मा फलेषु कदाचन।

मा कर्मफलहेतुर्भूः मा ते संगोऽस्त्वकर्मणि॥

तुम्हारा अधिकार केवल कर्म करने में है— उसके फल में कभी नहीं।

कभी भी अपने किए हुए कर्म के फल को ही लक्ष्य मत बनाओ।

और न ही फल की इच्छा के कारण कर्म न करने का मोह रखो।

You have the right only to perform your actions,
but never to claim the fruits of those actions.

Do not think of yourself to be the cause of the results
and never become attached to inaction.

नैनं छिन्दन्ति शस्त्राणि , नैनं दहति पावकः।

न चैनं क्लेदयन्त्यापो, न शोषयति मारुतः॥

आत्मा को न शस्त्र काट सकते हैं, न अग्नि उसे जला सकती है, न पानी उसे भिगो सकता है, और न ही वायु उसे सुखा सकती है।

Weapons cannot cut the soul,

Fire cannot burn it,

Water cannot wet it, and wind cannot dry it.

The soul is indestructible.

Nothing in the physical world can harm it.